DE VERSOS SENTIDOS

PAULO ESDRAS

KOTTER EDITORIAL

Coordenador Editorial
Sálvio Nienkötter

Editor Executivo
Claudecir de Oliveira Rocha

Editor Adjunto
Daniel Osiecki / João Lucas Dusi

Capa
Jéssica Iancoski

Design editorial
Andre Luiz C. Mendes

Produção
Cristiane Luiza Nienkötter

Dados Internacionais de Catalogação na Publicação (CIP)
Angélica Ilacqua – CRB-8/7057

Esdras, Paulo
De versos sentidos / Paulo Esdras. -- Curitiba : Kotter Editorial, 2023.
72 p.

ISBN 978-65-5361-237-2

1. Poesia brasileira I. Título

23-4315 CDD B869.1

Kotter Editorial
Rua das Cerejeiras, 194
82700- 510 | Curitiba/PR
+55 41 3585-5161 | www.kotter.com.br | contato@kotter.com.br

1ª Edição | 2023

De versos sentidos: diversos sentidos

Deparar com uma composição poética do poeta, escritor e professor Paulo Esdras não significa ficar diante de um poema, mas sim de vários poemas contidos em um só, principalmente quando se trata das composições visuais ou concretas. Não é apenas pelo caráter plurissignificativo da composição: é pela plasticidade e pelas diversas possibilidades de leitura e significado que cada uma dessas obras nos oferece. O poema *Mulher Sol* é um bom exemplo: a forma lembra, relativamente, um poema tradicional, mas a cesura depois da primeira sílaba de cada verso – abrindo assim um espaço em branco – e em seguida a continuidade da sentença poética é um doce indicativo de que há vários poemas nessa composição. Se o leitor ler da esquerda para a direita, encontrará um poema; se de cima para baixo – lendo apenas do lado esquerdo antes da cisura visual – o leitor vai deparar com um poema entre monossílabo e dissílabo; mas se ele se dispuser a ler essa composição na sequência linear esquecendo-se da cisura, encontrará um novo poema. Ao todo, *Mulher Sol* são três poemas integrados numa mesma composição.

Em *Jardins e galopes*, o leitor vai deparar com a mesma disposição de *Mulher ao Sol.* Ao ler apenas a parte em letras maiúsculas antes da cisura visual terá um belo poema metalinguístico. E se o leitor ler apenas a parte do poema em letras minúsculas? Um poema ao estilo simbolista, lírico surgirá diante de nossas retinas e de nosso intelecto!

Esdras é um escultor de poemas. E como tal, nesta antologia, ele expõe diversas esculturas. Tendo – obviamente – como material as palavras, ele compõe esculturas poéticas a exemplo de *Lar*. Nessa composição, o leitor vai se deparar com imagem de uma casa – feita de palavras. Em uma alusão à linguística de Ferdinand de Saussure, a escultura da casa é o significante; para chegar ao significado, caberá ao leitor ler – sempre cônscio de que esse poema-escultura não tem apenas uma possibilidade de leitura ou de significado. E, ao finalizar as leituras, o leitor não terá apenas lido uma composição poética visual, mas vários poemas, todos ricos de sensibilidade, lirismo, beleza e filosofia.

Dentre as esculturas poéticas, há o poema *Ciúmes* que, visualmente nos lembra aquelas obras pós-modernas ao estilo de Tomie Ohtake, ou Louise Bourgeois. Nessa, assim como nas demais esculturas dessa antologia, o poeta estabelece algo incomum na Poesia Concreta: harmonizar forma, lirismo e sentimentos. E aí reside a marca capital de Paulo Esdras: concretismo, lirismo em perfeita simbiose.

Esdras é um poeta multifacetado: sua arte poética não se resume à poesia concretista e visual: ele é poeta de poemas tradicionais também. Na deliciosa tradição da literatura de cordel, o autor louva o Nordeste, a exemplo do poema *Nordeste Senhor* em que, o eu-lírico é o próprio Nordeste que faz um autorretrato.

Sendo multifacetado na arte literária, é claro que a poética de Paulo Esdras não se exaure em poemas concretos, visuais, plurissignificativos ou fixos. Há os poemas no velho e delicioso estilo do Modernismo brasileiro. Poemas que nos levam ao encantamento poético, à reflexão, ou até mesmo nos confiar um segredo existencial – como no poema *O Tempo*.

Tal qual o título desta antologia nos indica, esse livro nos leva àquelas gostosas sensações de quando estamos num museu de artes plásticas, graças à diversidade de obras ali expostas. *De Versos Sentidos* é como um aconchegante museu de artes plásticas, dado às variadas obras poéticas expostas nesta nobre antologia. Eu entrei no museu poético chamado *De Versos Sentidos*! Eu tive a felicidade de visitar e sentir todas as obras poéticas expostas em *De Versos Sentidos*. E estou certo do prazer, da fruição, da reflexão que todo leitor terá ao **entrar**, ler e sentir *De Versos Sentidos*!

Vald Ribeiro*

Vald Ribeiro é Especialista em Literatura, produção de textos e em História do Brasil, além de professor, cronista, poeta e contista. Atualmente, escreve para o site *Palavras!

SUMÁRIO

Amar é a Maré

Amar é
Ama ré
Am aré
A maré
A maré
Am aré
Ama ré
Amar é
Amar é
Ama ré
Am aré
A maré
A maré
Am aré
Ama ré
Amar é
Amar é
Ama ré
Am aré
A maré
A maré
Am aré
Ama ré
Amar é
Amar é
Ama ré
Am aré
A maré

JASMIM

Te quero flor em liberdade
Livro sílaba por sílaba
Pa – la – vra
Lavra minh´alma jardim
Livre , liberta-me

Soltas , prendem-se
Com outras libertas
Seguem juntas para
(Re) vi ver-(so)
Saltar enfim

Sem asas por
Ti plano no ar
Do céu vejo-me pousar
Em plena plenitude: jaz-
Mim nascerás.

LAR

E, como se nada lá fora existisse, me entrego esquecendo o mundo.
Sendo difícil achar-me em qualquer lugar, descubro os prazeres de ter
Uma família, aqueles a quem me dou por inteiro, pois sei bem, lá no fundo:
O amor não faltará. O principal triunfará e permanecerá. Ao menos neste lugar.
Haverá desavença, porém, Sei que o que faz parte deste meu teto é para fortalecer e
Apenas um novo sorriso bastará para proporcionar o mais belo dos sentimentos: o Amor.

Para voltar tudo como era, sem mágoa ou rancor. No dia-a-dia, saio daqui, louco pra voltar e,
Nas marés do vai-e-vem, fortifica mais ainda, com saudade, a minha morada, minha cidade.
E os abraços que se espera, me energizam... me recarregam, ao tempo que tranquiliza, como
um neném no colo a ninar, um casulo de paz fazendo esquecer os ruidos do mundo até que eu
Retorne borboletando trôpego para o mundo lá fora, ansioso para retornar
pro seu seio. Desta maneira, somente desta maneira, me sinto pleno... Gozando poder estar aqui
Como a um reino perfeito, com tranquilidade, com felicidade profundamente
Sem defeitos, o aconchego constente que sem nem pestanejar encotra e dá
Dengo, segurança, cheiro: Amor, o mais belo dos sentimentos. Podem ver
Meu porto seguro no mirar. Mas não entenderão ou compreenderão toda minha alegria porque
Dizem que vêem uma casa, sem nada que a diferencie das demais, minha morada é meu cais e
Eu digo que vejo **o meu lar Meu lugar para amar.**

RISCO

De	anjo e demônio todos têm um pouco
ca	entre nós, alguns tem é muito, veja:
pela	a lã e é possível ver logo um lobo
pa	gando de santo na sacra igreja
ra	pando a ração do pobre enganado
ca	tando todo o dinheiro do gado
pe	cando em nome do próprio bolso
ta	peia assim em nome do poder
é	pleno ao ver cristão apoiar tortura
um	paradoxo aos verbos de Jesus
RISCO	de fanatismo com loucura.

Não Pense Demais

Não		não negue jamais
só	**Pense**	o bem
Nunca sempre é		**Demais.**
Sim, o que quer que		**Façamos**
Juntos, irá	**Acontecer**	além
E eternamente		como já passamos
Curta		será a dor da partida
Quando	**A**	despedida convém
Unidos estaremos na		**Vida que será vivida**

Buraco Vazio

Em um sopro onírico, caminho sem saber porquê, arrastando-me, labirinto infinito, o tempo diz: pra quê?
Buraco vazio dentro de mim, sufocando-me, vivendo apenas por sonhar
Esvazeia-me enfim, prendendo-me vivo sem emoção
Sugando-me nó cego a apertar.
Como pó: coração.
Poeira. o meu
Sem tem
Dó nó

E só.
só, como
Sempre, sempre
Vivo a sonhar sem nada
Como seria ser e que deixou-me
Sem sonho. Com você. Com a vida me trouxe
Sem vazio, disforme querer, Com calma, lembro da lástima
Ter algo que se forme o meu viver, semeando o momento, em cada lágrima, podendo regar-me toda a alma.

Sentido do Amor

O amor é sólido como terra

Cora o amante que se inicia

São, transforma qualquer quimera

Re agindo contra o abstrato

Ve la o sonho dos amantes

La va – quente – a alma

E fertiliza o corpo em acolhida

Re afirmando todo o sentido

Faz do sentimento brotar a vida

SEMANA DE ARTE MODERNA

E   OIA SP
EI   SAPO
PSIO   AE
OIA   PES
POE   SAI
P O E S I A

Beleza Barroca

Tuas rugas e outros sinais a marcar
Beleza para meus olhos é plena
Com cada bárbula completando a pena
Trazendo o brilho que faz voar.

Água para rios em rincões
A sede no fluir de voz rouca
Escultura de perfeição barroca
Bela em suas imperfeições

Moléculas afluentes da tinta no papel
Desaguando palavras de um amor ideal
Linhas integrando um tecido ou ribeirão

Costurando vidas com águas do céu
Uma fazenda verde-viva na zona rural
Simplicidade fincada no meu coração-sertão.

MÚSICA

Senti (**Do**) que vibra ao coração
Que (**Re**) significa o ouvir
A (**Mi**) nha escuta em sentimentos
Música (**Fa**) brincando em sete notas
É (**Sol**) que brilha sem ser dia
Mais que (**La**) vo minha alma assim
Ouvir (**Si**) a Do em melodia

Reviver o caminho

           p
   Estranho   o
     e   e   p
 quero   m   r
    n   labiríntico
    t   m
   a   liberta
   r   s
   d   sem pedidos
   enlouquecer   i   n
   c   a   m   t
   e   d   r
   r   dia   fica
          r   o
          e   r e
          n   m
          a   r   a
       doar   e   n
 d   m transformando
sem nunca   a   o
 s   r   z
 a   c quem eu
 n p   a   n s
 isso   m   d p
 m r   i   o e
 a q   n   reviver
 r u   h   o
    este é o

JARDINS E GALOPES

<table>
<tr><td>OS</td><td>sentidos são trocados</td></tr>
<tr><td>VER-</td><td>pode ser sentir: sinestesia</td></tr>
<tr><td>-SOS</td><td>mas no mesmo ritmo, sinfonia</td></tr>
<tr><td>SÃO</td><td>(ima)gens atraindo simbolismo</td></tr>
<tr><td>SEM-</td><td>fronteira ou miragem</td></tr>
<tr><td>-ENTES</td><td>apontando o abismo</td></tr>
<tr><td>DA</td><td>lírica ou satírica jardinagem</td></tr>
<tr><td>FLOR-</td><td>de rima que arrepia</td></tr>
<tr><td>-ESTA</td><td>traz a cor na harmonia.</td></tr>
</table>

<table>
<tr><td>COMO</td><td>laço medido conforme a peia</td></tr>
<tr><td>AS</td><td>artérias do peito cavalgam e lateja</td></tr>
<tr><td>ES-</td><td>a palavra apertada com força</td></tr>
<tr><td>-TRELAS</td><td>como brida na carne e enseja</td></tr>
<tr><td>NA</td><td>emoção (que)brando as rédeas</td></tr>
<tr><td>MINHA</td><td>certeza pela busca da beleza</td></tr>
<tr><td>CONSTE-</td><td>também a loucura, a alquimia.</td></tr>
<tr><td>-LAÇÃO</td><td>de sentimentos: é amor ou poesia?</td></tr>
</table>

ACRÓSTICO ESCADA PARA SOLIDARIEDADE

Elevando-se reto até Deus
Defendendo os mais inocentes
Ajudando sempre os mais carentes
Dando o melhor, partilhando dos seus
Escolhendo os passos de Homens de bem
Indo contra força dos ventos da maré egoísta
Resgatando o colosso para lutar contra a injustiça
Amando ainda mais aqueles que cospem a ingratidão
Doando pão, contudo também o sincero coração altruísta
Irmandade divinal com todas criaturas da sociedade ou ermos
Ligando-se ao nosso eu maior quando a nossa alma não é pequena
Os instintos da individualidade são substituídos pelo da unidade plena
Só com o amor no primeiro degrau é possível ver para fora de nós mesmos

Mulher Sol

Mulher em essência é sol
Bela estrela de luz própria
Não depende de nenhum astro
É forte e ilumina tudo ao redor
Corpo celeste que aquece a Terra
E apenas com o seu calor faz vida.
Sim a Mulher é Vida
O germinar da humanidade
Efeito da construção faminliar
Que desabrocha em nascimentos.
Ela ,porém, é independente
Produz a si própria internamente.

p
r
o
c
u
r fui
Hoje a só
ando n em
d busca
sem
o de
SENTIDO
por
do do
p
r Amor
e
o r
t d
u ê-la
Co-a

VELA

O quê?
O que é?
O que é isso?
O que é isso de ser?
O que é isso de ser poeta?
O que é isso de ser poeta apenas?
O que é isso de ser poeta apenas quem rima?
O que é isso de ser poeta apenas quem rima de forma?
O que é isso de ser poeta apenas quem rima de forma rica?

O que o quê?
Depende do que vês.
Isso é uma poesia que forma.
É o que somos sem querer parecer.
É amanhecer sempre versando a noite.
É entregar-se aos versos sem prazo ou prosa.
É não conseguir ver os espinhos e achar-se rosa
Deformando o pranto irregular das linhas lacrimais
Empobrecendo e limitando os sonhos dos eternos poetas.

Ser poeta é ser vela que não se apaga, que nos leva ao mar das
ilusões
líricas e
reais da
existência.

M
A
R
Plácido,
Por vezes revolto

Ilusoriamente muito poucos

acreditam assim conhecer-me

Outros pensam em vão dominar-me

Estes não conseguem sem uma estrela guia orientarem-se

e aqueles enxergam apenas a superfície lâmina d'água.

Os que persistem em se aprofundar nestas lágrimas transformam-se em náufragos
S
A
L
pouco conhecem deste meu mundo abissal, destas correntes nunca antes navegadas
repleto de labirintos, perco-me e percorro-me num vai e vem de dúvidas e certezas: de vida.
Guerras dentro de mim, conquistas e descobertas. Uma nau que corta as ardentias celestes por brilhos terrestres
Uma bússola que ajude na direção correta ou um asrolábio para observar e determinar a altura dos seus sonhos
De que adianta manejar um sextante sem horizontes? O que importa descobrir novos mundos sem a si mesmo conhecer?

Água para quem tem Sede

Água para lavar varanda
Sedento por saúde
Sedento por esperança

Água para esfriar a telha
Lamento pela falta
Sofrimento pela seca

Água para limpar o carro
Desmatamento perene
Sombreamento ausente

Água para lavar calçada
Tormento sem saber de nada
Tormenta com chuva ácida

Água para quem tem sede
Pura, transparente, límpida, insípida,
Cura, segue em frente, ensina, dá vida.

Água
Em frente segue, topa na rota, passa.
Se não consegue dá a volta, mas não para.
Segue seu caminho, rumo ao objetivo
Levando seus obstáculos
[ou fazendo desvios.

Para
Ser forte, escapa pela pedra
Corajosa joga-se que nem véu
Se não brota linda da terra
Cai como uma benção do céu.

Quem
Dá forma saudável. Rejuvenesce!
Seja por dentro ou por fora,
Limpa-nos da mente até a pele.
A luta por ela é agora!

Tem
Regado a natureza desde sempre.
E leva em troca poluição, desperdício...
Em vez de água tratada é maltratada
Deixando nosso lar numa situação difícil

Sede
De viver o melhor e preservar
Para nossos netos um planeta puro
Limpo e azul ele voltará
Transbordando de futuro

MAR MAR MAR MAR MAR MAR MAR MAR MAR MAR MAR MAR MAR MAR MAR MAR MAR
MAR MAR MAR MAR MAR MAR MAR MAR MAR MAR MAR MAR MAR MAR MAR MAR MAR
MAR MAR MAR MAR MAR MAR MAR MAR MAR MAR MAR MAR MAR MAR MAR MAR MAR
MAR MAR MAR MAR MAR MAR MAR MAR MAR MAR MAR MAR MAR MAR MAR MAR MAR
MAR MAR MAR MAR MAR MAR MAR MAR MAR MAR MAR MAR MAR MAR MAR MAR MAR

RECICLAGEM

LUXO

LUXO LUXO

LUXO LUXO LUXO

LUXO LUXO LUXO LUXO

LUXO LUXO LUXO LUXO LUXO

LUXO LUXO LUXO LUXO LUXO LUXO

LUXO LUXO LUXO LUXO LUXO LUXO LUXO

LUXO LUXO LUXO LUXO LUXO LUXO LUXO LUXO

LUXO LUXO LUXO LUXO LUXO LUXO LUXO LUXO LUXO

LUXO LUXO LUXO LUXO LUXO LUXO LUXO LUXO LUXO LUXO

LUXO LUXO LUXO LUXO LUXO LUXO LUXO LUXO LUXO LUXO LUXO

LUXO LUXO LUXO LUXO LUXO LUXO LUXO LUXO LUXO LUXO LUXO LUXO

LUXO LUXO LUXO LUXO LUXO LUXO LUXO LUXO LUXO LUXO LUXO LUXO LUXO

LIXOLIXOLIXOLIXOLIXOLIXOLIXOLIXOLIXOLIXOLIXOLIXOLIXOLIXOLIXOLIXO

CIDADE DE ALUGUEL

Urubus com martelos formais
Sujam os bicos nos papéis de jornais
Envaidecidos com os espelhos
Que deformam até torná-los perfeitos
Se julgam acima dos meros mortais
Digerindo os sonhos dos brasileiros

A cidade de aluguel no cerrado
Onde o errado é certo e o certo é errado
Ecoa os "podres poderes" rastejantes
Em megafones nas pontas das pirâmides
Desde o julgo do verde desbotado
Até às queixas dos lordes e das madames

Faces de madeira eleitas como esculturas
Expostas numa das mais belas arquiteturas
De falsos santos internamente vazados
Aos pseudomessias lunáticos e fardados
Desviando sangue das pessoas até as sepulturas
Com os dentes a mostra ganhando grandes salários.

E uma parte dos patos veste a camisa da seleção
Mas a vida não é esporte e não deve servir à paixão
Ela bate panelas vazias para quem tem cofre cheio
Vive num país de fome e sofre com o desemprego
Mas não abre mão da dancinha da manipulação
Nem da humilhação que corrói o povo brasileiro.

OS QUATROS CAVALEIROS

Senhor da guerra pela paz
Ironia complicada para entender
Como disse o poeta "necessidade de ser fera"
Principalmente quem nem sabe ler
O mundo em que está, não o ABC
Vota para a paz em quem só faz guerra.

Falso profeta, Satanás
Escolhido por gado em manada
Nas escadarias ou no templo interno
Pastoreada por lobos lobistas, enganada
Cobra dez por cento por mesada
"Que tudo mais vá pro inferno".

Trator em frota, mata ao chão
Mata o índio, o seringueiro e o peão
"Veneno bom para matar a fome"
Um grande negócio em plantação
Patriota, mas o melhor para exportação
Esmaga "a horta" dos sem nome.

Para completar o *lobby* da crueldade
Da fome, da morte e da guerra
Entra o quarto cavaleiro
Com a cura na quimera
A academia deu chancela
"E quem manda é o dinheiro".

MARIPOSAS

Lagarta tão lenta em **seu caminhar** consegue transformar-se

Mariposa com asas de folhas secas **voando** camuflada ao vento

Engana o olhar **atento** do pássaro em busca de saciedade

E revela que, mesmo seca, ainda **possui vida** por voar.

No Céu do Sertão

No   manto azul do Sertão
Céu   de estrelas infinitas
Do   astro-rei que verdifica
Ser   tanejo firmamento.
Tão   lindo ao luar como de dia
Ve   ludo azul-noite ou anil
Jo   alheria de astros celestes
A   casa que Deus construiu.
Po   der que chove do alto
E   alimenta a confiança
Si   nal sideral do tempo
A   amplitude da esperança

O Ciúme e sua Flecha Preta

O
sentimento
não
me
deixava Estava
Ao me refletir só via você a me olhar
fez precisando
ver receber
e um
sentir
Através de seu colo perfeito
de
e
seu amor me acomodou
belo meu
Havia me tirado de um canto já fragilizado
Achava de coração
que mim
Que
Era o mais belo ser fosse uma
um eu que havia sugerido sem fazer relação
madura
ato de uma tragédia já anunciada
eterno O não sem frescura
muito A amor nosso bastava e
bem ter A
ACABADO Com o tempo a ferida ficou aberta
um
mas o abismo maior estava dentro de mim
vivíamos entre nós
como o uma
escrita quem s flecha
por conta o preta
um n
mentira que escondia um outro caso h
o
outro
sádico s e m
esta
eu era a peça que não se encaixava n o
trágica e t a r
mas acertamos em cheio a ferida
tudo de
desde mim
o A neste
início caminho
queria labiríntico prazer
ser e
fui o único acidentado
para
você

Buscar estar feliz neste momento triste

É ter esperança na frustração

Motivar-se neste estado depressivo

ser perspectivas num labirinto vivo

Sentir-se livre preso numa gaiola morta

Dizer quando a palavra afasta, amordaça

Estar em paz no meio de uma guerra de trincheiras

Sonhar sem ter direito nem de dormir

Amar enquanto o ódio distancia.

Isso, só com poesia.

Rompendo muros verdes e grades secas

Voando pela janela quando emperra a porta

Gritando o que pensa, sente, dói

Amando o simples fato de estar aqui

Sendo o que somos de verdade

Unindo antes que seja tarde.

A procura da menina faceira

Eu adoro esta festa batizada com o nome de São João
Arrasta-pé, bem juntinho com rosto colado
Desde o friozinho do meio do ano passado
Até hoje não esqueço o seu olhar, não.
Seu jeito faceiro, cabelo despenteado
Trança no meio do ombro, êta arretado!
Meu coração parecia que queria subir como balão

Te procuro perto das bandeirolas da praça
Te encontro na fogueira defronte a igreja
Mastigo o milho antes que me veja
E me aproximo com meu chapéu de palha
Mirando de costas a minha menina faceira
Que me deixou sem sono e com olheiras
Mas quando vejo não era ela, mas que pirraça!

Vou em direção ao som da quadrilha
Uma multidão assiste a dança animada
Corro a procura da minha amada
Mas ela se esconde e não deixa trilha
Nem nos dançantes, nem nas palmas
Onde será que se escondeu essa danada?
Foi quando vi ao longe o pai o noivo e a filha

Era o famoso casamento na roça
O pai com a espingarda mirava o noivo
E eu procurava meu par de novo.
A filha, barriguda, encenava uma prosa
E lá estava eu procurando ela no meio do povo
Enquanto o padre pregava o casório torto
Avistei-a vestida de noiva com buquê de rosa

Fogos estouraram no céu dentro de mim
A dança nublou-se e a fogueira apagou
Todos sumiram e o som da sanfona parou
A menina faceira saiu correndo enfim
O pai, o noivo pararam e o padre calou
Todos em volta olhavam confusos o show:
Um abraço apertado que um beijo selou

E o forró tocou a noite inteira
Sob o luar e o trio sanfoneiro
Cada beijo parecia o primeiro
E na música derradeira
Quando a fogueira virou braseiro
Ela foi embora prometendo o São Pedro
"Até o próximo São João, Menina faceira".

MANDACARU VERDEJANTE

Mandacaru resistente
Nas secas Sobrevivi
Na praça fui atração
Das reformas resisti
Com o meu porte imponente
Motosserra nunca vi.

Amanhã é o meu dia
Nosso sexto mês raiando
O quinto dia do mês
Vou de joelhos rezando
Transpirando sol a sol
Segundo alguns, chorando.

A beleza da caatinga
Espinhos de armadura
Sou guerreiro da campina
Descampada por secura
Sou o verde no deserto
Esperança que perdura.

E não vem que não tem vez
Não me importa ver o rosto
Bom tirar leite de pedra

Seja de qual for o posto
Pra quem mama sem parar
Não dou sombra nem encosto

Diz o Xote das Meninas
Cantado por Gonzagão
Minha flor que traz a chuva
Sábio o rei do baião
Símbolo raro da vida
Mato sede no sertão

O dia cinco chegou
Do mês junino enfim
Dois mil e treze passando
Um ano comum pra mim
Dia ao meio ambiente
Não esperava meu fim

E foi cortado sem pena
Esquartejado sem dó
A homenagem do ano
Foi arrancá-lo e só
Tirando nossas raízes
Transformando-nos em pó

Viveu décadas de vida
Emblema sertanejar
Nesta praça importante
Está morto, não verá
O futuro deste povo
Mandacaru verdejar.

NORDESTE SENHOR

Em meus cantos vou contar
Olho em brasa sol, cerrado
Da caatinga sou do mato
Mata branca vou sangrar

Assim minha lida, digo
Cabra forte tenho sido
Das secas sobrevivi
Inundações, resisti

Abandonado pelo ouro
Após o doce da cana
Amargar sem mais um louro
Fui sim jogado na lama

E sem mais nenhum apoio
Quer seja do céu ou da terra
Escolhi seguir comboio
Ou Pela Fé ou para guerra

Quando o dia vira noite
A luz vira escuridão
Há de esperar o açoite
Já beato ou Lampião

Aqui já fui Conselheiro
Retratado no Sertões
Também já fui cangaceiro
Lapidado por grilhões

Talhada gente sofrida
Arranquei-lhes o cinzel
Desbastando-me sem fel
Com minha fé aguerrida

O TEMPO

O segredo do tempo é consumi-lo sem percebê-lo.
É fingir-se infinito para não o vermos passar
É fazer-se contar em anos em vez de momentos

Relógio, despertador, cronômetro, calendário
Tudo engodo para imaginarmos prendê-lo, controlá-lo

Ampulheta, único instrumento sincero do tempo
Regressivamente, nos impõe a gravidade
De haver realmente um último grão
Riscando na areia a nossa fragilidade

Mas o tempo é imparcial
Não distingue rico de pobre
Preto de branco, homem de mulher
Devora-se sem escolhas

Matar o tempo é matar-se sem sentido
Perdê-lo é viver em vão

Faz-se devagar nos maus momentos
Depressa quando o queremos

Ponteiro invisível da vida
Peça necessária do fim

A sua fome é insaciável
A sua vontade é determinante
A sua procura é unânime

Se esconde nas sombras que se movem
Nos objetos que não mais servem
Nas pessoas que nunca mais vimos
Na podridão das frutas que não foram colhidas
Nas lembranças já esquecidas

Revela-se nas fotos que se desbotam
Nas cartas que amarelam
Nas crianças que crescem
Nas rugas que aparecem

Deixa-nos a esperança de Pandora
Nas ações dos que virão
No nascimento dos rebentos.

Assista o poeta Paulo Esdras comentando sobre seus poemas concretos multileituras:

https://www.youtube.com/watch?v=1POXstrGhwU

Contatos do autor:

pauloesdras@hotmail.com
Instagram: *@pauloesdrasoficial*
Facebook: *https://www.facebook.com/escritorpauloesdras*

Papel pólen bold 90g/m²
Fontes Linux Libertine G 8, 10 e 12 e Kozuka Mincho 7 e 18
Impresso no inverno/2023